ODES

SUR

LA RELIGION,

Par M. De Claris, Président en la Cour des Aydes de Montpellier.

A PARIS,

De l'Imprimerie de P. G. LE MERCIER,
Imprimeur - Libraire ordinaire de la Ville ,
rue Saint Jacques , au Livre d'or.

M. DCC. XLVII.

AVEC APPROBATION ET PERMISSION.

Y+

ODES
SUR
LA RELIGION.

ODE PREMIERE.

La Religion sous la Loi de Nature.

 O L E I L, sors de la nuit profonde,
Eclaire, anime l'Univers,
Mer vaste, environne le Monde,
Terre, produis des fruits divers :
Fleuves rapides, ou tranquilles,
Coulez, allez rendre fertiles
Les champs altérés de vos flots :
Ainsi la Parole éternelle
Ouvre au temps sa route nouvelle,
Et développe le Chaos.

A ij

Dieu donne un maître à la Nature;
Adam, chef-d'œuvre de ses mains,
Son image vivante & pure,
De toi naîtront tous les humains.
Des vertus ton ame est le temple;
L'Univers, que ton œil contemple,
Est moins admirable que toi :
Fais à l'auteur de ta naissance
Un hommage de ta puissance,
Et tout est soumis à ta loi.

Commence avec l'Être suprême
Tes entretiens délicieux ;
Occupé de lui, de toi-même,
Dans Eden tu trouves les Cieux.
De ton cœur monarque paisible,
Qu'attends-tu de plus ? né sensible,
Un objet manque à ton ardeur :
La main prodigue de merveilles
Fait éclore, quand tu sommeilles,
La Compagne de ton bonheur.

QUEL sort est plus doux que le vôtre?
Quels vifs & rapides momens!
Vos cœurs s'épanchent l'un dans l'autre,
Par de tendres raviʃʃemens.
Vous portez un joug ʃalutaire,
Qui conʃerve, & jamais n'altere
Les douceurs dont vous jouiʃʃez :
Couple heureux puiʃʃiez-vous ʃans ceʃʃe
Suivre cette Loi qui vous laiʃʃe
Libres quand vous obéiʃʃez !

❀

ESPRIT habitant des ténébres
Où t'a précipité l'erreur,
Tu vois de tes antres funébres
Le ʃpectacle de leur bonheur.
De ton origine céleʃte
Le vain & déplorable reʃte
Contre eux allume ton courroux :
Moins grands que toi par leur eʃʃence,
Et plus grands par leur innocence,
Quels objets pour tes yeux jaloux !

❀

Ce n'est point à la force ouverte
A fapper leur félicité.
Que de reffources pour leur perte
Naiffent de ta dextérité !
Organe d'une haine obfcure,
Ta bouche éloquente & parjure,
Les flatte pour les accabler :
Le fuccès répond à ta rage ;
De leur défaite affreux préfage !
Eve t'écoute fans trembler.

Terrible effet du charme même,
Dont Adam goutoit le pouvoir !
Eve parle à l'époux qu'elle aime,
Et le féduit fans le fçavoir.
Indignes de l'arbre de vie,
L'œil curieux, la main impie,
Saififfent le fruit de la mort.
Trifte héritière de leur crime,
Toute leur race eft la victime,
Qu'enveloppe le même fort.

Le poison que la source enferme,
Se déborde par cent canaux ;
De nos jours la mort est le terme ,
La vie est un tissu de maux.
De la lumiere inépuisable
Une étincelle favorable
Nous devoit toujours éclairer :
Maintenant une clarté sombre ,
Douteuse entre le jour & l'ombre,
Ne luit que pour nous égarer.

Credule auteur de nos miseres,
Tu connois trop tard ton erreur.
Où sont tes biens imaginaires ?
Ta nudité te fait horreur.
Où fuis-tu ? quel abri te reste ?
Par tout la vengeance céleste
De ses fléaux va te couvrir :
Les Elémens s'arment pour elle ,
La Terre à tes sueurs rébelle
Refusera de te nourrir.

ENFANT de la loi naturelle,
Gémis d'en être déserteur,
Ta postérité criminelle
Idolatre le séducteur.
Le Très-Haut, dans les Sacrifices,
Voit du sang abject des Génisses
Ses Autels à peine fumans,
Tandis qu'aux Dieux qu'on lui préfére,
Sans en fremir, le bras d'un pere
Va sacrifier ses enfans.

DIEU dit : J'ai confondu la ligue
D'Anges moins sacriléges qu'eux,
Des abîmes rompons la digue,
Ouvrons tous les torrens des Cieux ;
Tout ce qui respire est immonde,
Que tout périsse , que le Monde
S'anéantisse au fond des Mers.
Dieu s'est vengé ; mais sa justice
Arrache aux flots l'Arche propice ;
Il en sort un autre Univers.

Le crime renaît fur la terre.
Oppreſſeur des fils d'Iſraël,
Pharaon leur livre la guerre,
Mais ils ont pour eux l'Eternel.
Ils marchent, les ondes rapides
S'élévent en deux murs fluides,
Remparts pour eux ſeuls affermis :
Des eaux la maſſe ſuſpendue,
Retombe, & ſubmerge à leur vue
Leurs téméraires ennemis.

ODES

SUR

LA RELIGION.

ODE SECONDE.

La Religion sous la Loi écrite.

QUEL affreux orage s'apprête !
L'ombre ne céde qu'aux éclairs ,
La terre frémit , la tempête
Ebranle la voûte des airs:
Ce Mont , que la flâme environne ,
S'allume , étincele , bouillonne ,
Le voilà prêt à s'écrouler.
Une inéxorable puissance
Arma les eaux pour sa vengeance ,
Les feux vont-ils la signaler ?

MAIS une voix se fait entendre
Du haut de ce terrible lieu :
Que manque-t-il pour vous apprendre
Que je peux tout, que je suis Dieu ?
Avec amour servez vos pères,
Que de vos mœurs censeurs sévères,
Tous vos desirs soient épurés :
Laissez aux monstres le carnage,
Sauvez de tout profane usage
Les jours qui me sont consacrés.

TOI qu'épargnent ces feux rapides,
Mortel, dont j'éprouvai la foi,
Parle à ce peuple que tu guides,
Descends, qu'il reçoive ma Loi.
Sur ces Tables je l'ai gravée,
Je veux qu'elle soit observée
Et sans réserve, & sans détour :
Hébreu, par ton obéissance
Va justifier l'alliance,
Qu'avec toi je scelle en ce jour.

Le décret Divin s'éxécute.
Idoles qu'enfanta l'erreur,
Vous tombez, & par votre chute
Israël reprend sa splendeur.
La reconnoissance & le zéle
Elevent d'une main fidéle
Un Tabernacle à l'Eternel :
Et sur un Autel légitime
Je vois immoler la victime,
Que consume le feu du Ciel.

Une colonne radieuse
Perce les voiles de la nuit ;
Une clarté mystérieuse
Vole sur l'Arche, & la conduit.
Avec ton Dieu, peuple intrépide,
Dans le désert le plus aride,
L'abondance naît à ta voix ;
Les rochers se fondent en source ;
Le Soleil arrête sa course,
Soumis au cours de tes exploits.

Au fort d'une éternelle guerre,
Tes jours font-ils affujettis ?
Contre toi, du fein de la terre,
De nouveaux monftres font fortis.
Leur fouffle impur renverfe, tue :
Regarde ; il s'éleve à ta vue
Un falutaire monument.
Soudain la mort fuit défarmée,
Et la Nation allarmée
Semble renaître en un moment.

❊

Spectateurs de tant de miracles,
Pour vous feuls ils font opérés ;
Demandez-vous d'autres oracles,
Par qui vos cœurs foient éclairés ?
Rebelles un jour, Dieu vous frappe,
A vos mains la victoire échape,
Votre foi fait votre deftin :
L'Arche, captive en apparence,
Demain fçaura de fa puiffance
Epouvanter le Philiftin.

❊

Dans le camp du Madianite,
Gedéon, vainqueur fans effort,
Répand une terreur fubite,
Miniftre & fignal de la mort.
Mais à ceux, que Sion fidelle
Plongeoit dans la nuit éternelle,
Sion coupable offre un tribut :
Et l'infidelle Samarie,
Traînant fes fers dans l'Affyrie,
Des efclaves eft le rebut.

Un feul Jufte au vengeur fuprême
Peut ravir des peuples pervers.
Grand Dieu, tu l'as juré toi-même,
Où le trouver dans l'Univers ?
Non : c'eft du Ciel qu'il faut l'attendre.
Eh ! n'as-tu pas daigné l'apprendre
Au premier pere des humains ?
Il paroîtra, mais dans quel âge ?
Nous l'ignorons, notre efclavage
Ne fe rompra que par fes mains.

ODES

SUR

LA RELIGION.

ODE TROISIE'ME.

La Religion sous la Loi de Grace.

NE coulez plus sang des victimes ,
    Dieux, dans vos temples taisez-vous :
    Fermez-vous éternels abîmes ,
Les enfans d'Adam sont absous.
Un monde naissant se déploye ,
La terre tressaille de joie,
Elle enfante son Créateur :
L'Enfer blasphême, mais il tremble :
Les Bergers & les Rois ensemble
Adorent le Libérateur.

Le menfonge par fes preftiges
Ne féduira plus les mortels,
La vérité fur des prodiges
Fonde d'immuables autels.
Au fourd étonné de l'entendre
Le muet fe hâte d'apprendre
Qu'un paralytique les fuit;
Et l'aveugle, ouvrant la paupiere,
Voit fe ranimer la pouffiere
D'un mort que les vers ont détruit.

Ces preuves font-elles muettes?
Les doutes font-ils éclaircis?
Ecoutez la voix des Prophêtes,
Hébreux, vos cœurs font endurcis.
La fureur vous prête fes armes.
Sion qui tarira tes larmes?
Le Soleil refufe le jour
Sous le poids du crime accablée,
La Nature entiere eft troublée,
Les morts repeuplent ce féjour.

Que

Que n'allume-t-il le tonnerre
Le Juste descendu des Cieux?
Son sang fertilise la terre,
Il porte un germe précieux.
Une lumiere éblouissante
Frappe le soldat, l'épouvante :
Le Christ est donc ressuscité.
Oui, cette pierre qui le couvre
Se souleve, le tombeau s'ouvre
Aux yeux de l'incrédulité.

Toi qui doutois de sa victoire,
Foible témoin, leve les yeux,
Vois le Christ réparant sa gloire,
Monter jusqu'au plus haut des Cieux.
Quels transports saisissent vos ames !
Sur vos têtes, des traits de flammes
Apôtres, viennent s'attacher :
Et vous soutiennent dans l'attente
De la route dure & sanglante,
Où la Foi vous fera marcher.

B

Les Héros Chrétiens, fans murmure,
Des maux fupportent la rigueur ;
Ils ont fubjugué la nature
Dans le plus fort de la douleur ;
Ils ne vont pas , pour leur défenfe,
Souffler les feux de la vengeance
Dans les palais de leurs tyrans :
Plus fatisfaits dans leurs fupplices,
Que ne le font dans les délices
Ces voluptueux conquérans.

L'intERET à l'erreur s'allie,
Par tout leur fang eft répandu,
Mais le glaive les multiplie,
L'efprit de vie eft defcendu.
Le Christ l'a prédit : les obftacles
Cédent à l'effort des miracles,
L'Univers écoute leur voix.
O promeffes, dont l'affurance
Remplit de force & d'efpérance
Ceux qui triomphent par la Croix !

Quoi ! Marc-Aurele, fans combattre,
Les Sarmates font renverfés !
De tous côtés prêts à t'abattre,
Quelle main les a terraffés ?
D'où vient que ce double nuage
Par de fécondes eaux foulage
La foif de tes foldats mourans:
Et fur l'ennemi qu'il confume,
Et de falpêtre & de bitume
Verfe d'impétueux torrens ?

Est-ce ton Jupiter qui tonne
Sur ces barbares nations ?
Eft-ce Vulcain, Mars, ou Bellone,
Qui font vaincre tes légions ?
Ces Dieux de métal & de plâtre,
Que forma ta main idolâtre,
Peuvent-ils être ton foutien ?
Non : c'eft le Dieu dont la puiffance
Pefe les Rois dans fa balance,
C'eft le Dieu de l'humble Chrétien.

Rome, tes enfans intrépides,
Ont dompté la terre & les mers,
Ils ont à tes Aigles rapides
Fait mesurer tout l'Univers.
C'est un torrent que rien n'arrête;
Le monde entier est ta conquête.
Quelle pompe! quel appareil!
Ce vaste pouvoir qu'on admire
Prépare à l'Eglise un Empire
Par-tout où brille le Soleil.

※

En vain on prétendra détruire
Ce que le Seigneur a produit,
En vain on voudra reproduire
Ce que sa vangeance a détruit.
Sur une pierre inébranlable
De son Eglise invariable
Il a posé les fondemens :
De la Jérusalem superbe
Le Temple restera sous l'herbe
Jusqu'à la fin des Elémens.

※

MORTELS, du Dieu qui me pénétre,
Je sens l'effort impérieux,
Je me hâte de vous transmettre
Tout ce qu'il dévoile à mes yeux.
Du haut des airs je vois descendre
L'Ange qui réveille la cendre
Du vil esclave & du Héros :
Plus puissante que le tonnerre,
Sa voix précipite la terre
Dans les abîmes du Chaos.

SOUS la puissance qui l'accable,
Le monde entier fuit devant moi;
Dans ce désordre épouvantable,
Tu restes seule sans effroi,
RELIGION, & sur tes aîles,
Enlevant tes enfans fidéles,
Des Volcans sous eux entr'ouverts,
Dans les bras du Pere céleste
Tu portes ce précieux reste
Du naufrage de l'Univers.

J'Ai lû par ordre de Monfieur le Lieutenant de Police , diffé-rentes *Odes fur la Religion ,* qui m'ont paru très-dignes d'être imprimées. A Paris , ce 19 Mars 1747.

Signé , l'Abbé L E R O U G E.

Permis d'imprimer , ce 21 Mars 1747. *Signé ,* M A R V I L L E.

Regiftré fur le Livre de la Communauté des Libraires & Imprimeurs de Pa-ris , N°. 3152. conformément aux Réglemens , & notamment à celui du 10 Juillet 1745. A Paris , le 7 Avril 1747.

Signé , G. C A V E L I E R , Syndic.

www.ingramcontent.com/pod-product-compliance
Lightning Source LLC
Chambersburg PA
CBHW061745180626
46818CB00006B/2755